LUCHON

SON AVENIR

PAR

Le Docteur Félix Garrigou

PARIS

IMPRIMERIE ET LITHOGRAPHIE FÉLIX MALTESTE ET Ce

22, RUE DES DEUX-PORTES-SAINT-SAUVEUR, 22

1880

LUCHON
SON AVENIR

PAR

Le Docteur Félix Garrigou

Luchon, si beau; Luchon, si bienfaisant par ses puissantes ressources hydro-minérales; Luchon exploité depuis plus de trente ans d'une manière peu intelligente et égoïste, semblait voué à un avenir désastreux. Malgré les avertissements les plus sages, on conduisait la station vers sa perte. Une Compagnie intelligente, riche, remplie d'ardeur, a su comprendre qu'en relevant la reine des stations pyrénéennes, elle se trouverait un jour à la tête d'une brillante affaire, et, sans hésiter, elle a voulu entreprendre cette œuvre productive et méritoire.

On lui doit des remerciements publics, car Luchon est, par la qualité de ses eaux, une station unique en France, dont le succès touche aux intérêts nationaux. Le devoir de tous ceux qui s'intéressent à la prospérité du pays est donc de prêter un concours actif à la réorganisation de nos thermes.

Sollicité pour initier le public médical aux innovations qui pourraient rendre l'établissement thermal de Luchon l'un des plus complets de l'Europe, je n'ai pas hésité à prendre la plume. Modifier des idées fausses, prévenir des déceptions en faisant connaître la vérité dans une science où l'empirisme est bien souvent encore le seul guide, doit être considéré comme un honneur. Je remercie donc, avant tout, ceux qui ont bien voulu me confier la tâche délicate que je vais chercher à remplir.

Dans une exploitation de station thermale, deux choses sont à considérer : le côté distraction et le côté hydro-thermal. Nous allons donc étudier Luchon sous ces deux points de vue, en nous étendant principalement sur les parties qui intéressent la science thermale.

1° Distractions.

Les magnifiques excursions des environs de Luchon sont connues de tous. Il n'est personne qui n'ait entendu prononcer les noms de vallée du Lys, de port de Venasque, de lac d'Ao, de Portillon, de pic de la Maladetta, et de tant d'autres encore formant une liste inépuisable. Le pays est admirable autour de cet Éden, dans lesquels les Romains avaient bâti leurs thermes oneziens, les premiers, dit l'histoire, après ceux de Naples. Comme excursions dans les montagnes, à Luchon la priorité!

La nature a tout fait pour Luchon, mais il lui manquait un Casino pour compléter ses charmes.

Fatigué par les courses du jour, le baigneur et le touriste n'avaient, pour se reposer le soir, que les Quinconces, sans autre abri que le ciel étoilé et froid de la montagne; aussi, les rhumatismes, les courbatures étaient un tribut constant des imprudents qui passaient leur soirée assis autour d'un orchestre enchanteur. Le Casino, construit et ouvert, a mis un terme à tous ces maux.

C'est à l'ouverture de ce riche et confortable Casino que la Société fermière de Luchon avait convié l'éminent doyen de la Presse médicale, le docteur Amédée Latour.

Nous n'avons pu, cher ami, vous recevoir parmi nous, puisque vos médecins n'ont pas voulu vous laisser braver les chaleurs tropicales qui énervaient le Midi. L'Association des médecins de la Haute-Garonne aurait été heureuse de vous posséder, de vous acclamer et de vous recevoir comme un bienfaiteur du Corps médical français, car c'est par vos soins, en grande partie, qu'il se trouve aujourd'hui réuni en une grande famille. Mais nos cœurs sont avec vous. Puissent nos souhaits de santé se réaliser.

Il s'est trouvé récemment un homme, parmi les médecins, qui n'a pas craint de parler avec joie, dans sa feuille *peu hygiénique*, du jour où la Presse médicale n'aurait plus son vétéran et spirituel champion. Mais il est des milliers de vrais confrères qui vous désirent longue vie. Et je formule ce vœu au nom de la Société des médecins de la Haute-Garonne et de la Compagnie fermière de Luchon, qui eut été heureuse de dérouler devant vous, dans les splendides salons de son Casino, ses plans de réorganisation thermale.

Splendides salons, oui, c'est le mot, splendides, non par leurs dimensions, qui pourraient être plus grandes, mieux prises, mais par le luxe et le bon goût qu'on y a développés. L'ameublement est sorti des premières maisons de Paris, et chacun reste émerveillé de tout ce travail artistique.

Au milieu d'un immense jardin, de 3 à 4 hectares, se dresse le monument dans le milieu de la vallée. La façade principale d'une ornementation gracieuse et sévère à la fois, rappelant celle des palais italiens, se développe sur une longueur de plus de 100 mètres, elle regarde le sud ; les pics découpés de la Mine, de Baliran et de Sauvegarde, encadrés par les montagnes de Superbagnères et de Burbe, forment un rideau dont nul peintre ne saurait imiter les teintes noyées dans une vapeur bleutée, au-dessus de laquelle tranche la couleur vigoureuse d'un ciel d'azur.

Par leurs exclamations, tous les visiteurs, en pénétrant sur la terrasse du premier étage, signalent la grandeur et la beauté du paysage qui s'échelonne sur une longueur de 15 kilomètres, pour se terminer brusquement sur ces pointes abruptes qu'usent, à des hauteurs voisines de 3,000 mètres, la foudre et les glaciers.

Un théâtre, des salons de convorsations pour chacun des sexes, des salles de jeux, un cabinet de lecture, un café-restaurant, des lavabos, sont installés avec autant de confortable que de luxe. Opéras, concerts, bals, jeux de toute sorte, sont destinés à récréer chaque soir les étrangers que le pays attire en masse.

En un mot, comme amusements rien ne manque aujourd'hui à Luchon. Passons maintenant au côté sérieux de la station thermale.

2° Installation balnéaire.

En 1848, l'ancien Luchon, ce Luchon qui avait servi à faire oublier l'antique ville romaine, fut transformé pour donner à la vallée Onézienne un nouvel éclat.

M. Tron, alors maire de la ville, et rempli d'une uvénile ardeur pour travailler à la prospérité du pays où il occupait le premier rang, entraîna la municipalité luchonnaise dans la voie du progrès; il fut l'auteur de la reconstruction des thermes et de la création d'une station sérieuse.

M. l'ingénieur Jules François, appelé pour faire le captage des sources, débuta dans cet art par un coup de maître. Il alla chercher, dans les flancs de la montagne de Superbagnères, d'abondants filets d'eau sulfurée qui fournirent ensemble une masse d'environ 420 mètres cubes par vingt-quatre heures. Ce travail, fait au point de vue de l'art de l'ingénieur, servit plus tard à nous-même et à notre ami et collaborateur regretté, Louis Martin, pour l'étude géologique que nous avions entreprise du gisement des sources de Luchon.

Qu'il me soit permis de relater ici un fait dont l'importance, au point de vue de la science hydrologique, n'échappera à personne.

Nous avions déjà terminé, avec Louis Martin, notre étude comparative des eaux de l'Ariège et de celles des Pyrénées-Orientales, de même que l'étude des sources des Hautes et des Basses-Pyrénées. Luchon se dressait devant nous comme une clef de voûte qui était destinée à assurer la solution géologique du problème général des eaux sulfurées pyrénéennes. Les belles expériences chimiques de feu le docteur Fontan sur les eaux de Luchon, les consciencieuses conclusions qu'il en avait tirées, en déclarant que Luchon présentait un groupe d'eaux sulfhydratées, nous frappaient. En premier lieu, nous trouvions, d'une part, dans les Pyrénées-Orientales, des sources monosulfurées, alcalines; d'autre part, dans l'Ariège, des sources participant à la fois des eaux monosulfurées alcalines et sulfhydratées. En second lieu, nos études géologiques sur ces deux régions nous montraient, d'un côté, les eaux des Pyrénées-Orientales se rattachant à de grands systèmes d'alignements, de failles de diverses époques géologiques relativement récentes (N. 22°, E.-E. 18°, N.-O. 31°, N.). Nous retrouvions, d'un autre côté, à Ax, ces mêmes systèmes de failles et de fractures passant sur le point d'émergence des griffons. Nous constations de plus, dans cette station, sur les sources même, un système de failles très puissantes (N. 27°,0.) qui s'entrecoupaient avec les précédentes pour former, à travers le département de l'Ariège, une série d'accidents géologiques d'une netteté remarquable.

Dès lors, il resta évident pour nous que, si les eaux sulfurées d'Ax étaient alcalines comme les eaux des Pyrénées-Orientales, auxquelles elles se rattachaient par les systèmes de failles que nous venons de signaler, ces mêmes eaux étant sensiblement sulfhydratées devaient aussi, par les accidents géologiques qui constituaient les failles N. 27°,0. se rattacher aux eaux essentiellement sulfhydratées de Luchon.

En conséquence, nous annonçâmes à l'avance, à nos maîtres d'alors et à nos amis, que les sources de Luchon, dont l'étude géologique n'avait pas encore été faite, devaient, si l'hydrologie était réellement une science exacte, venir au jour dans des failles orientées N. 27°,0.

Nous partîmes au mois de décembre 1862, pour Luchon, et, grande fut notre satisfaction, lorsque nous pûmes constater par nous-même, la boussole à la main, que c'était bien au pied d'une multitude de failles orientées N. 27°,0. que naissent les plus volumineuses et les plus chaudes sources de la station. — Chacun peut saisir l'importance pratique, au point de vue de la recherche des sources nouvelles, des faits géologiques si nettement constatés.

Il est facile de comprendre qu'une station thermale, si belle par ses sites, si attrayante par l'étude de ses sources, où l'on a pu faire la vérification d'une loi hydrologique des plus importantes, soit devenue pour plusieurs un champ d'expériences et de recherches instructives. Les travaux de feu le docteur Fontan, de nous-même et de notre remarquable élève, le docteur Monard (d'Aix-les-Bains), permettent aujourd'hui de faire tourner au profit de la station l'expérience spéciale acquise en s'occupant d'étudier les sources de Luchon au triple point de vue de la chimie, de la géologie et de la médecine.

De ces études résultent des indications formelles relatives à de nouveaux captages de sources, et aussi un enseignement bien précieux pour l'aménagement intérieur des sources existantes.

Nous pouvons affirmer que, dès le début de la création du Luchon moderne, on a fait fausse route dans l'utilisation de ses eaux. Rechercher les causes de ce malheur qui a empêché la fortune des Luchonnais et la création d'une station *unique en France* est une chose que je ne saurais faire ici. Je dois me contenter de dire que, malgré les résultats formels, irrécusables et actuellement vérifiés des analyses chimiques de feu le docteur Fontan, on a perdu la station en l'installant d'une manière tout à fait contraire à ce qu'indiquait la composition de l'eau.

Les sources de Luchon sont *les seules de France, parmi les sources chaudes*, qui renferment des quantités considérables d'acide sulfhydrique. Ce qui le prouve, en dehors de toute expérience, de toute théorie chimique, c'est l'abondance extraordinaire de soufre cristallisé qui se forme tous les ans *au-dessus du niveau de l'eau*, dans les canivaux mal construits qui amènent les eaux depuis les griffons jusque dans les réservoirs d'alimentation des bains.

Cet acide sulfhydrique, qui forme à Challes comme à Allevard la source d'un traitement spécial, l'inhalation, est complétement perdu chez nous.

On a bien cherché à construire des salles d'inhalations, mais était-il possible, à des ingénieurs et à des architectes n'ayant jamais conduit des travaux d'hydrologie, ne se donnant même pas la peine d'interroger un homme du métier, de faire un travail utile et que le succès aurait couronné? Non, certainement, et c'est ce qui est arrivé. Trois tentatives successives ont complétement échoué. Malades et habitants du pays ont été victimes de ce défaut de connaissances spéciales.

La Compagnie fermière entre les mains de laquelle est aujourd'hui le sort de Luchon, est dirigée par un homme intelligent, actif et pratique, M. Sophrone Sicre du Breilh, qui ne voudrait pas agir comme les directeurs des Compagnies qui se sont effondrées. Cette Compagnie engage ses capitaux et veut les faire fructifier. Instruite par l'expérience, elle désire écarter les causes d'insuccès. Aussi ne doit-elle pas oublier que le côté sérieux de Luchon est l'établissement thermal. La montagne de Superbagnères est la grande ressource du pays, et il faut qu'on sache tirer parti du liquide nourricier qui s'écoule de ses flancs.

La Compagnie fermière et la municipalité de Luchon, comme les Compagnies et les municipalités de toutes les villes d'eaux marcheront à coup sûr au succès, si elles basent leurs actes sur ce principe, *que le malade et l'étranger doivent devenir l'unique objet de leurs préoccupations*. Entreprendre pour eux tout ce qui peut leur donner de l'agrément, combiner tous les moyens de leur rendre la santé, sera le vrai moyen de réussir. Mais se laisser dominer, comme on l'a fait à Luchon à l'époque de feu le docteur Fontan, par les questions personnelles, par les rivalités et les luttes de métier, ne pas vouloir faire abstraction des parti pris pour aller droit au but, droit à la perfection dans l'aménagement des thermes, c'est perdre à jamais la station.

Le Corps médical français ne connaît que d'une manière incomplète les vrais ressources de notre admirable gamme hydrologique. On peut l'affirmer sans hésiter.

Depuis bientôt 22 ans j'étudie spécialement nos eaux pyrénéeunes, et surtout celles de Luchon, avec l'unique désir de m'instruire consciencieusement, animé par une vraie passion pour la science hydrologique, aussi je déplore l'aveuglement qui règne sur Luchon.

Nos eaux guérissent la scrofule, le rhumatisme et certaines dermatoses; c'est là un fait reconnu. Mais le véritable avenir de notre station, sa spécialité, est dans l'application aux affections de l'arbre aérien, des vapeurs sulfurées chaudes et naturelles. Nos sources doivent être appliquées à l'inhalation rationnelle et graduée.

La jalousie exercée contre feu le docteur Fontan, pour déprécier intentionnellement ses utiles travaux, a conduit jusqu'à l'erreur scientifique volontaire. Elle a été cause que depuis 30 ans, on a ignoré la vérité sur la nature de nos eaux.

Il est temps que le voile jeté sur les yeux du public soit déchiré. Faire luire le jour à ce sujet était le devoir de tout honnête spécialiste. C'est celui dont je ne me suis jamais départi.

Depuis près d'un siècle, la lutte sur la nature du principe sulfuré des eaux de Luchon était ouverte. Elle ne saurait plus exister aujourd'hui. Aussi nous pourrons voir prochainement la station dotée d'un établissement dont la science, le bon sens et le désir de la réussite auront dicté les plans.

Alors on pourra dire au Corps médical français : Venez vous convaincre de l'exactitude des résultats pratiques que nous annonçons, et soyez juste pour nos sources.

Elles constituent une richesse unique pour la France.

4053. — Paris. — Imp. Félix Malteste et Ce, 22, rue des Deux-Portes-St-Sauveur.

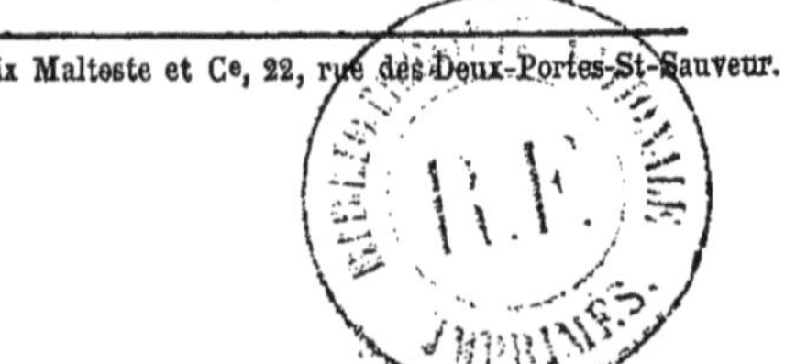

www.ingramcontent.com/pod-product-compliance
Ingram Content Group UK Ltd.
Pitfield, Milton Keynes, MK11 3LW, UK
UKHW020459220726
13923UKWH00006B/2654